Gretel und Hänsel heilen die Hexe

Die fünf Märchen des neuen Zeitalters

von Ayleen Lyschamaya
Spirituelle Meisterin der Am-Ziel-Erleuchtung©

Bibliografische Information der Deutschen Bibliothek: Die Deutsche Bibliothek verzeichnet diese Publikation in der Deutschen Nationalbibliografie; detaillierte bibliografische Daten sind im Internet über http://dnb.ddb.de abrufbar.

ISBN 978-3-753420370

1. Auflage 2021; 2. Auflage 2023
© 2023 Ayleen Lyschamaya

Herstellung und Verlag: BoD – Books on Demand, Norderstedt

Inhaltsverzeichnis

Vorwort

Liebe Leserin, lieber Leser,

mit diesem Buch habe ich die reinen Märchentexte des neuen Zeitalters für euch zusammengestellt.

Erläuterungen zur Symbolik der Märchen, welche Botschaften sie beinhalten und welche Bewusstseinsentwicklung sie vermitteln, erfahrt ihr in meinem Buch „Gretel und Hänsel heilen die Hexe - 1". Darin sind diese Märchentexte, viele farbige Bilder und Interaktives enthalten.

Für Kinder gibt es speziell das Märchenbuch „Gretel und Hänsel heilen die Hexe - 2". Das Kinderbuch enthält die ersten drei Märchen, die sich an Kinder richten, Interaktives und viele größere Farbbilder in hochwertigem Brillantdruck. Die Schrift ist etwas größer, um schon älteren Kindern das erste eigene Lesen zu erleichtern. Der Einband ist Hardcover, um auch einen robusteren Umgang auszuhalten.

Außerdem gibt es eine Sonderausgabe von „Gretel und Hänsel heilen die Hexe", „Gretel und Hänsel" als Bildergeschichte, einen Bildband des ersten Märchens und die weiteren Einzelmärchen als eBook-Veröffentlichungen. Einen Überblick über alle Angebote erhaltet ihr auf meiner Website:

www.am-ziel-erleuchtung.de/maerchen/

Wer erst einmal nur in die Märchen des neuen Zeitalters hineinschnuppern möchte, findet zusätzlich das erste Märchen „Gretel und Hänsel" auch auf meiner Website. Ich gebe dort einige Erläuterungen zu dem Märchen, das neue Gretel und Hänsel Lied ist in 432 Hz vertont und ich lese euch das Märchen als Video vor.

www.am-ziel-erleuchtung.de/neues-bewusstsein-zeitalter

Insofern gehe ich davon aus, dass jede und jeder von euch den persönlich besten Zugang zu „Gretel und Hänsel heilen die Hexe" finden wird. Ich wünsche euch viel Freude mit den Märchen.

Berlin, im Februar 2021 / August 2023   Eure Ayleen Lyschamaya

Gretel und Hänsel

(für alle Altersstufen)

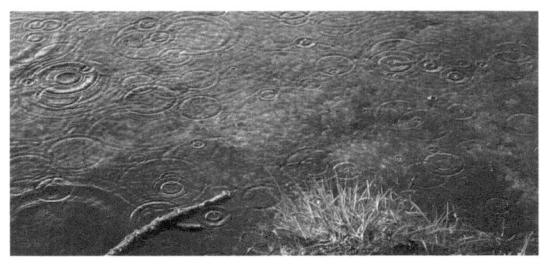

Es war einmal eine Familie, die lebte am Rande von einem großen, dunklen Wald. Der Vater war ein armer Holzfäller, der nach dem frühen Tod seiner ersten Frau nochmals wieder geheiratet hatte. Aus seiner ersten Ehe stammten zwei lebenslustige Kinder. Das Mädchen hieß Margarete und der Junge Hans. Jede und jeder kannte die aufgeweckten beiden aber nur unter ihren Spitznamen Gretel und Hänsel. Die zweite Frau des Holzfällers bemühte sich um ihre Stieffamilie, fühlte sich mit dieser Aufgabe aber überfordert.

Die Familie war sehr arm und nach einer zusätzlichen Sonderzahlung hatte sie kein Geld für Lebensmittel mehr übrig. Der Vater wälzte sich vor Sorgen im Bett herum, seufzte und sprach zu seiner Frau: „Was soll aus uns werden? Wie können wir unsere Kinder ernähren, da wir für uns selbst nichts mehr haben?" Beide waren sehr traurig und überlegten lange hin und her, wie sie ihre Situation doch noch verbessern könnten. Die Frau schlug vor, sich bei Verwandten, Nachbarn und Freunden Geld zu borgen, doch diese hatten selber kaum genug, um zu überleben.

Schließlich sagte die Frau sehr traurig: „Lieber Mann, lass uns morgen in aller Frühe die Kinder hinaus in den Wald führen, wo er am dicksten ist. Da machen wir ihnen ein Feuer an und geben jedem noch ein Stückchen Brot. Dann gehen wir an unsere Arbeit und lassen sie allein." Mit Tränen in den Augen fuhr die Frau fort: „Möge Gott die Kinder beschützen. Wir werden jeden Tag für sie beten." „Nein, Frau", antwortete der Mann, „das tue ich nicht. Wie sollt ich's übers Herz bringen, meine Kinder im Walde allein zu lassen! Die wilden Tiere würden bald kommen und sie zerreißen." Daraufhin erwiderte seine Frau: „Dann müssen wir alle viere Hungers sterben. Hast du denn gar kein Gottvertrauen?"

Die Eltern warteten noch einige Tage in der verzweifelten Hoffnung auf ein Wunder ab, doch schließlich entschieden sie sich, ihren Plan auszuführen.

Gretel und Hänsel hatten vor Hunger nicht einschlafen können und daher das Gespräch der Eltern mit angehört. Gretel weinte bittere Tränen und sprach zu Hänsel: „Nun ist's um uns geschehen." „Nein, Gretel", beruhigte Hänsel seine Schwester, „ich habe eine Idee." Und als die Eltern eingeschlafen waren, stand Hänsel auf, zog sich an, öffnete die Haustür und schlich sich hinaus. Er sah sich um und entdeckte weiße Kieselsteine, die im Mondlicht glänzten. Hänsel bückte sich und steckte so viele von ihnen in seine Hosentaschen, wie er nur hineinbekam. Dann schlich er sich wieder zurück ins Haus und flüsterte Gretel zu: „Sei getrost, liebes Schwesterchen, und schlaf nur ruhig ein, Gott wird uns nicht verlassen."

Als der Tag anbrach, noch ehe die Sonne aufgegangen war, kam schon die Frau und weckte die Kinder: „Steht auf, ihr beiden, wir wollen in den Wald gehen und Holz holen." Dann gab sie jedem ein Stückchen Brot und sprach: „Das ist für heute Mittag. Esst das Brot nicht schon vorher auf, denn mehr haben wir nicht." Gretel nahm das Brot an sich, weil Hänsel seine Hosentaschen voller Kieselsteine hatte. Dann machten sie sich alle zusammen auf den Weg in den dunklen Wald.

Als sie ein Weilchen gegangen waren, blieb Hänsel stehen und guckte zurück zum Haus. Das tat er wieder und immer wieder. Der Vater sprach: „Hänsel, was guckst du da und bleibst zurück? Hab acht und vergiss deine Beine nicht!" „Ach, Vater", antwortete Hänsel, „ich sehe nach meinem weißen Kätzchen. Das sitzt oben auf dem Dach und will mir auf Wiedersehen sagen." Die Frau sprach: „Das ist nicht dein Kätzchen, sondern die Morgensonne, die auf den Schornstein scheint." Hänsel aber hatte nicht nach dem Kätzchen gesehen, sondern immer wieder einen Kieselstein auf den Weg geworfen.

Als sie tief im Wald angekommen waren, sprach der Vater: „Nun sammelt Holz, ihr Kinder. Ich will ein Feuer anmachen, damit ihr nicht friert." Gretel und Hänsel trugen Reisig zusammen und schichteten es auf. Das Reisig wurde angezündet und als die Flamme brannte, sagte die Frau: „Nun legt euch ans

Feuer, ihr Kinder, und ruht euch aus. Wir gehen in den Wald und hauen Holz. Wenn wir fertig sind, kommen wir wieder und holen euch ab."

Gretel und Hänsel saßen am Feuer und als es Mittag wurde, aßen sie ihr Brot. Und weil sie die Schläge der Holzaxt hörten, glaubten sie, die Eltern wären in der Nähe. Es war aber nicht die Holzaxt, sondern es war ein Ast, den die Eltern an einen dürren Baum gebunden hatten. Diesen schlug der Wind hin und her. Und als die Kinder so lange gesessen hatten, fielen ihnen die Augen vor Müdigkeit zu, und sie schliefen fest ein.

Als sie wieder erwachten, war es schon finstere Nacht. Gretel fing an zu weinen und fragte: „Wie sollen wir nun aus dem Wald kommen?" Hänsel aber tröstete sie: „Warte nur ein Weilchen, bis der Mond aufgegangen ist, dann wollen wir den Weg schon finden." Und als der volle Mond aufgestiegen war, nahm Hänsel sein Schwesterchen an der Hand und ging den Kieselsteinen nach. Diese schimmerten im Mondlicht und zeigten ihnen den Weg. Sie gingen die ganze Nacht hindurch und kamen bei anbrechendem Tag wieder zum Haus ihrer Eltern. Diese freuten sich denn nun doch, ihre Kinder wohlbehalten wiederzuhaben.

Nicht lange danach herrschten wieder Mangel und Not. Und die Kinder hörten, wie die Eltern nachts im Bett besprachen, dass alles wieder aufgezehrt sei. Diesmal wollten die Eltern die Kinder noch tiefer in den Wald hineinführen, damit sie den Weg nicht wieder herausfinden würden. So sehr sie auch überlegten, die Eltern sahen sonst keinen anderen Ausweg aus ihrer Situation.

Die Kinder waren aber noch wach gewesen und hatten das Gespräch mitangehört. Als die Eltern schliefen, stand Hänsel wieder auf, wollte hinaus und wie zuvor Kieselsteine auflesen. Doch diesmal war die Tür verschlossen und Hänsel konnte nicht hinaus. Aber er tröstete sein Schwesterchen und sprach: „Weine nicht, Gretel, und schlaf nur ruhig, der liebe Gott wird uns schon helfen."

Am frühen Morgen kam die Frau und weckte die Kinder. Sie erhielten ihr Stückchen Brot, das dieses Mal noch kleiner als das vorige Mal war. Auf dem Weg in den Wald zerbröckelte Hänsel das Brot in der Tasche, hielt oft an und warf ein Stückchen auf die Erde. „Hänsel, was stehst du und guckst dich um?", fragte der Vater, „geh deiner Wege!" „Ich sehe nach meinem Täubchen. Das sitzt auf dem Dach und will mir auf Wiedersehen sagen", antwortete Hänsel. „Das ist nicht dein Täubchen", sagte die Frau, „sondern das ist die Morgensonne, die auf den Schornstein oben scheint." Hänsel aber warf nach und nach all sein Brot stückchenweise auf den Weg.

Die Eltern führten die Kinder noch tiefer in den Wald, wo sie ihr Lebtag noch nicht gewesen waren. Es wurde wieder ein großes Feuer angemacht und die Stiefmutter sagte: „Bleibt nur da sitzen, ihr Kinder, und wenn ihr müde seid, könnt ihr ein wenig schlafen. Wir gehen in den Wald und hauen Holz. Abends, wenn wir fertig sind, kommen wir und holen euch ab." Als es Mittag wurde, teilte Gretel ihr Brot mit Hänsel, der seines ja auf den Weg gestreut hatte. Dann schliefen sie ein und der Abend verging, aber niemand kam zu den Kindern.

Diese erwachten erst in der finsteren Nacht und Hänsel tröstete sein Schwesterchen und sagte: „Warte nur, Gretel, bis der Mond aufgeht. Dann werden wir die Brotstückchen sehen, die ich ausgestreut habe. Die zeigen uns den Weg nach Hause." Als der Mond kam, machten sie sich auf, aber sie fanden kein Brot mehr. Die vielen Vögel, die im Walde leben und im Felde umherfliegen, hatten alles weggepickt. Hänsel sagte zu Gretel: „Wir werden den Weg schon finden." Aber sie fanden ihn nicht. Sie suchten die ganze Nacht und noch einen Tag von morgens bis abends, aber sie kamen aus dem Wald nicht heraus. Sie waren sehr hungrig, denn sie aßen nur die Beeren, die auf der Erde wuchsen. Und weil sie außerdem so müde waren, dass die Beine sie nicht mehr tragen wollten, legten sie sich unter einen Baum und schliefen ein.

Nun war es schon der dritte Morgen, dass sie das Haus ihrer Eltern verlassen hatten. Sie suchten weiter nach einem Weg und gerieten dabei immer tiefer in den Wald. Und wenn nicht bald Hilfe kam, würden sie sterben. Als es Mittag war, sahen sie ein schönes, schneeweißes Vöglein auf einem Ast sitzen. Das sang so lieblich, dass sie stehen blieben und ihm zuhörten. Und als es fertig war, schwang es seine Flügel und flog vor ihnen her. Sie gingen ihm nach, bis sie zu einem Häuschen gelangten, auf dessen Dach es sich setzte.

Als sie ganz nahe herankamen, sahen sie, dass das Häuschen aus Brot gebaut war und mit Kuchen gedeckt und die Fenster waren aus Zucker. „Daran wollen wir uns sattessen", sagte Hänsel. „Ich will ein Stück vom Dach probieren. Gretel, du kannst vom Fenster naschen, das schmeckt süß." Hänsel langte in die Höhe und brach sich ein wenig vom Dach ab, um zu versuchen, wie es schmeckte. Und Gretel stellte sich an die Scheiben und knusperte von diesen.

Da rief eine Stimme aus der Stube heraus:
„Knusper, knusper, kneuschen, wer knabbert an meinem Häuschen?"

Die Kinder antworteten:
„Der Wind, der Wind, das himmlische Kind."
Gretel und Hänsel warteten einen Moment ab und als alles still blieb, aßen sie weiter.

Da ging auf einmal die Tür auf und eine uralte, fast blinde Frau, die sich auf eine Krücke stützte, kam heraus. Gretel und Hänsel erschraken so sehr, dass sie fallen ließen, was sie in den Händen hielten. Die Alte aber wackelte mit dem Kopf und sprach: „Ei, ihr lieben Kinder, wer hat euch hierher gebracht? Kommt nur herein und bleibt bei mir. Es geschieht euch kein Leid." Sie fasste beide an der Hand und führte sie in ihr Häuschen. Dort wurde ein gutes Essen aufgetragen, Milch und Pfannkuchen mit Zucker, Äpfeln und Nüssen. Anschließend durften sich Gretel und Hänsel in weiche, weiße Betten legen, sodass sie meinten, sie wären im Himmel.

Doch die Alte hatte sich nur freundlich gestellt, denn in ihrem langen Leben war sie sehr oft schlecht behandelt worden. Die Menschen hatten sie geärgert und waren so böse zu ihr gewesen, dass sie sich jetzt an ihnen rächte. Am nächsten Morgen ergriff sie daher Hänsel, trug ihn in einen kleinen Stall und sperrte ihn hinter einer Gittertür ein. Er mochte schreien, wie er wollte, es half ihm nichts. Dann ging sie zu Gretel und verlangte: „Hole Wasser und koch deinem Bruder etwas Gutes. Der sitzt draußen im Stall und soll fett werden. Wenn er fett ist, so will ich ihn essen." Gretel fing bitterlich an zu weinen an, aber es war vergeblich. Sie musste tun, was von ihr verlangt wurde.

Gretel hatte schon ihre Mutter, dann ihr Zuhause und nun auch noch ihren Bruder verloren. Da wurde ihr das Herz so schwer, dass sie sich jeden Abend voller Kummer in den Schlaf weinte. Eines Abends hörte sie plötzlich eine leise Stimme in ihrem Herzen, die sagte: „Nimm deine Tränen und benetze damit die Augen der Alten, sodass sie wieder zu sehen beginnt." Voller Furcht schlich sich Gretel nun jede Nacht zu der Alten und bestrich sehr vorsichtig, sodass diese nicht aufwachte, deren Augen mit ihren Tränen.

Hänsel bekam täglich das beste Essen, aber es wollte ihm nicht schmecken. Jeden Morgen ging die Alte zu dem Ställchen und rief: „Hänsel, streck deinen Finger heraus, damit ich fühle, ob du bald fett bist." Hänsel streckte ihr aber ein Stöckchen heraus. Und die Alte, die anfangs noch trübe Augen hatte, konnte es nicht erkennen und meinte, es wäre Hänsels Finger. So wunderte sie sich, dass Hänsel gar nicht fett werden wollte. Hänsel aber trauerte in seinem Herzen und jedes Mal, wenn die Alte bei ihm gewesen war, flossen seine Tränen vom

Himmel. So regnete es täglich, wenn die Alte von Hänsels Stall in ihr Haus zurückkehrte und sie wurde jedes Mal sehr nass.

Dies geschah nun viele Tage und Nächte und allmählich besserten sich die Augen der Alten. Ihre Gefühle wurden durch den täglichen Regen wieder lebendig und es begann sich, zunächst noch sehr zart, Mitgefühl mit den Kindern in ihr zu regen. Sie sah, dass Hänsel ihr ein Stöckchen reichte und erkannte seinen Einfallsreichtum an. Sie fühlte die

Liebe von Gretel für ihren Bruder und konnte sich an dieser Reinheit erfreuen. Außerdem begann sie, sich immer mehr an ihre ursprüngliche Weisheit zu erinnern und schließlich befreite sie Hänsel aus seinem Stall und schloss Frieden mit den Kindern.

Sieben Monate lang lehrte sie die Kinder nun alles, was sie wieder wusste. Hänsel lernte, mit dem Feuer des Ofens umzugehen und sich handwerklich geschickt anzustellen. Gretel wurde in die Nahrungszubereitung eingeführt und lernte den Umgang mit Heilkräutern. Und als die Zeit um war, rief sie die Kinder zu sich, um ihnen ihre Abschiedsgeschenke zu übergeben. Hänsel erhielt Gold und Perlen aus ihrem großen Schatz, soviel wie seine Taschen zu fassen vermochten. Und Gretel erhielt Samen von Heilkräutern, die sie auf dem Grab ihrer Mutter pflanzen sollte, sodass sie ihnen nie wieder ausgehen würden.

Außerdem trug die weise Alte den Kindern auf, sich den Weg nach Hause gut zu merken und ihrer Stiefmutter genau zu beschreiben. Diese sollte sie dann jederzeit besuchen kommen, wenn sie ihre Unterstützung brauchte. Wie glücklich waren Gretel und Hänsel über all die guten Gaben. Und zugleich waren sie auch traurig über den Abschied, denn sie hatten die weise alte Frau inzwischen sehr liebgewonnen.

Als Gretel und Hänsel ein paar Stunden gegangen waren, gelangten sie an ein großes Wasser. Es gurgelte und plätscherte, dass es sich wie Seufzer anhörte, als trüge es den Kummer der ganzen Welt. „Wir können nicht hinüber", sprach Hänsel, „ich sehe keinen Steg und keine Brücke." „Hier fährt auch kein

Schiffchen", antwortete Gretel, „aber da schwimmt eine weiße Ente; wenn ich die bitte, so hilft sie uns hinüber."

Da rief sie:
„Entchen, Entchen,
hier stehen Gretel und Hänsel.
Es gibt keinen Steg und keine Brücke,
nimm uns auf deinen weißen Rücken."

Das Entchen kam heran. Hänsel setzte sich auf und bat sein Schwesterchen, sich zu ihm zu setzen. „Nein", antwortete Gretel, „das wird dem Entchen zu schwer. Es soll uns nacheinander rüberbringen." Das tat das gute Tierchen. Und als sie glücklich drüben waren und ein Weilchen weitergingen, da kam ihnen der Wald immer bekannter und bekannter vor und endlich erblickten sie von weitem das Haus ihrer Eltern.

Da fingen sie an zu laufen, stürzten in die Stube hinein und fielen ihren Eltern um den Hals. Hänsel leerte seine Taschen mit dem Gold und den Perlen, Gretel pflanzte die Heilkräuter auf dem Grab ihrer Mutter, beide erzählten von der

weisen alten Frau und erklärten ihrer Stiefmutter genau den Weg zu ihr. Die ganze Familie blieb weiterhin in tiefer Verbundenheit mit der weisen alten Frau und den Geschöpfen des Waldes. Da waren alle Sorgen vorbei und sie lebten glücklich bis an ihr Ende. Und wenn sie nicht gestorben sind, dann leben sie noch heute.

Stiefmutter und weise Alte

(ab 8 Jahre)

Es war einmal eine reiche Holzfällerfamilie, die lebte in einem großen Haus am Rande des Waldes. Der Vater hatte zwei Kinder. Das Mädchen war allen als Gretel und der Junge als Hänsel bekannt. Nach dem Tod seiner ersten Frau hatte der Vater erneut geheiratet, so lebten sie als Familie mit der Stiefmutter.

Die Familie besuchte regelmäßig das Grab der Mutter, weil es ein friedlicher Ort der Ruhe war, der in ihnen gute Ideen aufsteigen ließ. Auf dem Grab der Mutter wuchsen Heilkräuter, die Gretel und ihre Stiefmutter gemeinsam sorgsam pflegten. So blieb die ganze Familie gesund.

Der Vater und Hänsel hatten sich um den Bau ihres Hauses gekümmert. Es war sehr schön geworden und hatte viel Platz für alle Familienmitglieder. Auch die Tiere des Waldes waren willkommen. Die Vögel hatten einen Raum unter dem Dach bekommen. Ein Fensterchen blieb immer offen für sie und Hänsel stellte für die Vögel jeden Tag frisches Wasser und Körner bereit. Für die anderen Tiere gab es einen offenen Stall, den sie jederzeit aufsuchen konnten.

Doch das Haus hatte viel Geld gekostet und so waren das Gold und die Perlen, die Hänsel von der weisen alten Frau im Wald mitgebracht hatte, fast aufgebraucht. Der Vater lag im Bett neben seiner Frau, fasste sie liebevoll bei der Hand und sprach: „Liebe Frau, wir haben kaum noch Gold und Perlen. Bitte geh zu der weisen Alten im Wald und hole Nachschub." Da bekam die Stiefmutter einen großen Schreck, hatte sie sich doch schon seit einiger Zeit mit Vorwürfen gequält.

Niemals hätten sie damals Gretel und Hänsel alleine im Wald zurücklassen dürfen. Was hätte alles passieren können? Daher kam es auch jetzt nicht in Frage, dass Gretel und Hänsel womöglich erneut in den Wald gingen, um Nachschub zu holen. Das war ihre Aufgabe als Stiefmutter.

Doch sie traute sich nicht. Sie hatte das Gefühl, nicht nur gegenüber Gretel und Hänsel, sondern auch sonst so vieles falsch gemacht zu haben, dass sie Angst davor hatte, der weisen Alten zu begegnen. Die weise Alte konnte nach ihrer Heilung ja wieder sehen und würde daher ganz gewiss sehen, wieviel Schuld sie als Stiefmutter auf sich geladen hatte.

Nein, den Nachschub an Gold und Perlen konnte sie nicht holen. Doch auch dafür schämte sie sich und mochte den Grund ihrem Mann nicht sagen. Daher antwortete sie ihm: „Lieber Mann, wir haben Winter und es ist so kalt draußen. Lass uns bis zum Frühling warten. So lange wird unser Geld schon noch reichen und dann werde ich zu der weisen Alten gehen." Der Mann war mit der Antwort zufrieden. Die Stiefmutter aber schob in ihren Gedanken den Besuch bei der weisen Alten so weit von sich, dass sie ihn vergaß.

Im Frühling waren das Gold und die Perlen schließlich aufgebraucht, sodass der Mann seine Frau abends im Bett erneut ansprach: „Liebe Frau, wir haben weder Gold noch Perlen mehr, bitte geh zu der weisen Alten im Wald und hole Nachschub." Vor Schreck erstarrte die Stiefmutter, hatte sie doch die ganze Zeit über schon gar nicht mehr an die weise Alte gedacht.

Die Stiefmutter befand sich nun in einem großen inneren Konflikt. Der weisen Alten wollte sie auf keinen Fall unter die Augen treten, damit diese nicht sehen konnte, was sie alles meinte, in der Vergangenheit falsch gemacht zu haben. Doch ohne den Nachschub an Gold und Perlen würden sie ihr schönes, großes Haus verlieren und schon bald wieder Mangel leiden. Auch daran wäre sie als Stiefmutter dann schuld.

Sie antwortete ihrem Mann: „Lieber Mann, schon bald werde ich mich auf den Weg zur weisen Alten machen. Doch so ein Weg in den Wald braucht sorgsame Vorbereitung. Bitte habe noch ein wenig Geduld." Der Mann war mit dieser Antwort zufrieden, auch wenn ihnen nicht mehr viel Zeit blieb, denn inzwischen lebten sie nur noch von ihren Vorräten. Die Stiefmutter aber wälzte sich schlaflos im Bett herum und konnte keine Lösung finden.

Es dauerte nicht lange und die Vorräte waren aufgebraucht. Nur noch ein letztes Stück Brot lag jeweils auf ihren Tellern. Als die Stiefmutter ihre Familie so vor sich sitzen sah, hielt sie es nicht mehr aus, nahm ihr Stück Brot und lief aus dem Haus.

Doch wohin sollte sie sich nun wenden? Zu anderen Menschen mochte sie nicht gehen, denn über ihre Schuldgefühle wollte sie nicht sprechen. Aber wie anders hätte sie sonst ihre schwierige Situation erklären können? Zur weisen Alten konnte sie auch nicht, denn deren Vermeidung war ja ihr eigentliches Problem – oder? So lief die Stiefmutter ziellos in den Wald.

Irgendwann war die Stiefmutter erschöpft und ging langsamer. Nun bemerkte sie, dass sie sich verirrt hatte und in diesem Teil des Waldes noch nie zuvor gewesen war. Er kam ihr ganz besonders unheimlich vor. Die Bäume standen so dicht, dass es auch tagsüber dunkel war. Modriger Waldboden war stellenweise so matschig und klebrig, dass sie nur noch langsam vorankam. Unbekannte Geräusche und undeutliche Schatten machten ihr Angst.

Schließlich wurde ihr Vorankommen so zäh, dass sich die Stiefmutter auf den Stamm eines umgefallenen Baumes setzte und ängstlich ihre Umgebung genauer zu erkennen versuchte. Da sah sie viele Insekten um sich herum. Einige waren weiß, andere schwarz und die meisten grau. Die grauen Insekten sah sich die Stiefmutter ganz besonders genau an. Je genauer sie hinschaute, umso mehr begannen die Insekten, ihre Farbe zu verändern. Nach einiger Zeit waren alle Insekten schwarz oder weiß.

Da erinnerte sich die Stiefmutter an das Brot, das sie bei sich hatte, und gab es den schwarzen Insekten. Einige von ihnen wurden daraufhin heller. Das Zirpen der Insekten zusammen mit dem Rascheln von Blättern im leichten Wind hörte sich an wie ein magisches Lied. Die Stiefmutter stimmte mit ein und begann, in ständiger Wiederholung vor sich hinzusingen:

Löschung meiner Schuldgefühle ist hier jetzt,
Löschung meiner Schuldgefühle durchströmt mich jetzt,
Löschung meiner Schuldgefühle erfüllt mich jetzt,
gelöscht sind meine Schuldgefühle jetzt.

Nach einiger Zeit wechselte ihr Gesang zur Dauerwiederholung der zweiten Strophe:

Löschung der Ursache meiner Schuldgefühle ist hier jetzt,
Löschung der Ursache meiner Schuldgefühle durchströmt mich jetzt,
Löschung der Ursache meiner Schuldgefühle erfüllt mich jetzt,
gelöscht ist die Ursache meiner Schuldgefühle jetzt.

Anschließend setzte sie ihren Gesang mit der ständigen Wiederholung der dritten Strophe fort:

Tötung des Ursprungs meiner Schuldgefühle ist hier jetzt,
Tötung des Ursprungs meiner Schuldgefühle durchströmt mich jetzt,
Tötung des Ursprungs meiner Schuldgefühle erfüllt mich jetzt,
getötet ist der Ursprung meiner Schuldgefühle jetzt.

Nachdem die Stiefmutter alle Strophen einzeln so oft wiederholt hatte, dass ihr der Wald schon gar nicht mehr so düster vorkam, sang sie das gesamte magische Lied mit allen drei Strophen immer wieder hintereinander. Die Stiefmutter sang so lange, bis alle schwarzen Insekten weiß geworden waren. Zusätzlich begannen Raupen, sich in bunte Schmetterlinge zu verwandeln.

Daraufhin veränderte sich das magische Lied. Nunmehr sang die Stiefmutter die bereits bekannten Strophen in neuer Form zusammengesetzt folgendermaßen immer wieder hintereinander:

Löschung meiner Schuldgefühle ist hier jetzt,
Löschung der Ursache meiner Schuldgefühle ist hier jetzt,
Tötung des Ursprungs meiner Schuldgefühle ist hier jetzt,
Löschung meiner Schuldgefühle durchströmt mich jetzt,
Löschung der Ursache meiner Schuldgefühle durchströmt mich jetzt,
Tötung des Ursprungs meiner Schuldgefühle durchströmt mich jetzt,
Löschung meiner Schuldgefühle erfüllt mich jetzt,

Löschung der Ursache meiner Schuldgefühle erfüllt mich jetzt,
Tötung des Ursprungs meiner Schuldgefühle erfüllt mich jetzt,
gelöscht sind meine Schuldgefühle jetzt,
gelöscht ist die Ursache meiner Schuldgefühle jetzt,
getötet ist der Ursprung meiner Schuldgefühle jetzt.

Die Stiefmutter sang so lange, bis der Wald schön grün war, freundliches Licht durchlies, festen Boden hatte und nach Frische roch. Dann sprach sie dreimal hintereinander „So ist es jetzt", stand auf und ging wunderbar erleichtert weiter. Einen Bienenstock nahm sie mit sich.

Nach einer Weile kam die Stiefmutter an eine Schlucht, die ihr den Weg versperrte und sie sah keine Möglichkeit, an dieser vorbei oder über sie hinüberzukommen. Da setzte sich die Stiefmutter auf einen Stein am Rande der Schlucht und begann wieder zu singen. Wie zuvor wiederholte sie immer wieder die einzelnen Strophen. Die erste Strophe lautete:

Liebesursprung ist hier jetzt,
Liebesursprung durchströmt mich jetzt,
Liebesursprung erfüllt mich jetzt,
mit dem Liebesursprung verbunden bin ich jetzt.

Danach sang die Stiefmutter auch die zweite und die dritte Strophe jeweils einzeln in Dauerwiederholung:

Liebesmitte ist hier jetzt,
Liebesmitte durchströmt mich jetzt,
Liebesmitte erfüllt mich jetzt,
in der Liebesmitte bin ich jetzt.

Liebesfülle ist hier jetzt,
Liebesfülle durchströmt mich jetzt,
Liebesfülle erfüllt mich jetzt,
mit Liebe erfüllt bin ich jetzt.

Schließlich sang die Stiefmutter alle drei Strophen miteinander verbunden immer wieder nacheinander:

Liebesursprung ist hier jetzt,
Liebesmitte ist hier jetzt,
Liebesfülle ist hier jetzt,
Liebesursprung durchströmt mich jetzt,
Liebesmitte durchströmt mich jetzt,
Liebesfülle durchströmt mich jetzt,
Liebesursprung erfüllt mich jetzt,
Liebesmitte erfüllt mich jetzt,
Liebesfülle erfüllt mich jetzt,
verbunden mit dem Liebesursprung bin ich jetzt,
in der Liebesmitte bin ich jetzt,
erfüllt mit Liebe bin ich jetzt.

Während die Stiefmutter so sang, bildete sich von der einen Seite der Schlucht zur anderen eine Brücke. Von zuerst ganz zart wurde die Brücke mit jeder Strophe kräftiger bis sie mit dem gesamten magischen Lied schließlich vollständig stabil war. Die Stiefmutter beendete ihren Gesang mit dreimaligem „So ist es jetzt" und überquerte die Schlucht.

Auf der anderen Seite der Schlucht ging die Stiefmutter weiter und kam zum Zuckerhaus der weisen Alten. Wovor sich die Stiefmutter vorher noch so gefürchtet hatte, war ihr jetzt eine Freude, denn alle Schuldgefühle hatten sich aufgelöst. Unbelastet ging die Stiefmutter gerne auf die weise Alte zu. Diese hatte die Stiefmutter schon kommen sehen und kam ihr erfreut entgegen.

Die beiden speisten gemeinsam im Zuckerhaus und die weise Alte gab der Stiefmutter zu allem nützlichen Rat, was diese wissen wollte. Währenddessen rumpelte es plötzlich ganz heftig und der Boden erzitterte. Als die Stiefmutter

vor das Zuckerhaus lief, entsprang dort eine Quelle, die als Bächlein in den Wald hineinfloss. Die weise Alte erklärte der Stiefmutter, dass dieser Bach bis ganz zu ihrem Haus fließen würde und sie diesem auf dem Rückweg nur zu folgen brauchte. Anschließend gab die weise Alte der Stiefmutter von ihrem Schatz so viel Gold, Perlen und Edelsteine, wie diese nur tragen konnte.

Nachdem die Stiefmutter einige Zeit dem Bach gefolgt war, wurde sie durstig. So kniete sie zum Bächlein nieder und schöpfte mit ihren Händen aus ihm. Voller Freude stellte sie fest, dass in dem Bach Zuckersirup floss. Da fing sie an zu laufen, um so schnell wie möglich wieder bei ihrer Familie zu sein und dieser davon zu erzählen.

In etwas Entfernung vom Haus stellte die Stiefmutter den Bienenstock ab und als sie die Tür öffnete, fiel die Familie der Stiefmutter glücklich um den Hals. Die Stiefmutter leerte ihre Taschen mit dem Gold, den Perlen und den Edelsteinen und führte die Familie zu dem Bächlein. Von nun an süßten sie ihre Speisen mit dem Honig der Bienen und dem Zuckersirup des Flusses und auch die anderen Menschen durften sich so viel Zuckersirup nehmen, wie sie mochten.

Ayleen Cyschamaya

Ganz besonders freute sich die Stiefmutter, wenn sie per Zuckerrübenpost Nachricht von der weisen Alten erhielt. Auch umgekehrt hielten die Bienen die weise Alte über alles auf dem Laufenden. Zusätzlich besuchte die Stiefmutter regelmäßig die weise Alte und brachte jedes Mal Schätze mit. Da waren alle Sorgen vorbei und sie lebten glücklich bis an ihr Ende. Und wenn sie nicht gestorben sind, dann leben sie noch heute.

Das Zuckerhaus der weisen Alten

(für alle Altersstufen)

Es war einmal eine weise Alte, die lebte mitten im Wald in einem Zuckerhaus. Gerne saß sie in ihrem Garten und lauschte dem Wind, der Natur und den Tieren. Das Summen der Bienen verriet ihr, wie es der von ihr liebegewonnen Familie am Rande des Waldes ging. Diese Familie mit Stiefmutter, Gretel, Hänsel und Vater lebte in einem schönen, großen Haus gemeinsam mit verschiedenen Tieren des Waldes und einem Bienenstock.

Im Garten der weisen Alten entsprang eine Quelle, die als Bach mit Zuckersirup bis zu der Familie am Rande des Waldes floss. Gelegentlich sendete die weise Alte durch Zuckerrüben, die sie auf dem Bächlein schwimmen ließ, der Familie Nachrichten. Manchmal bekam sie auch Besuch von der Stiefmutter, über den sie sich immer ganz besonders freute.

Die weise Alte befand sich in tiefer Harmonie mit Allem und fühlte sich geborgen im Ganzen. Sie schlief nachts wohlig in ihrem Zuckerhaus, erfreute sich tagsüber an dessen süßer Farbenpracht und empfing die Botschaften des Windes.

Mit dem Zuckerhaus und dem Wind hatte es etwas ganz Besonderes auf sich. Wenn der Wind sanft ums Zuckerhaus strich, veränderte er die Süßigkeiten auf diesem. Mal wehte er ein paar Pfefferkuchen an eine andere Stelle, dann wieder formte er im Puderzucker mysteriöse Zeichen. Nichts davon war zufällig. Aus dem Ganzen kommend erfuhr die weise Alte durch den Wind die Botschaften des Universums.

Häufig kamen mit dem Wind auch Libellen zu Besuch. In ihrer glitzernden Leichtigkeit waren sie wunderschön anzuschauen. Sie landeten auf den

Zuckerhäusern der weisen Alten und tauschten Botschaften unter diesen aus, denn jede Familie hatte ihre eigene weise Alte. Dabei trugen die Libellen den Zucker an ihren Füßen und Flügeln von einem Haus zum nächsten.

Eines Tages, als die weise Alte gemütlich in ihrem Garten saß, hörte sie die Bienen aufgeregt summen. Ihre Familie am Rande des Waldes hatte Besuch. Zugleich landete eine Libelle auf dem Dach ihres Zuckerhauses. Die weise Alte von der Besucherfamilie bat um Unterstützung. Die Libelle berichtete, dass die Besucherfamilie sehr arm sei und Mangel leiden würde, weil sie ihre eigene weise Alte und deren Zuckerhaus noch nicht gefunden hatte.

Selbstverständlich sicherte unsere weise Alte der anderen weisen Alten ihre Unterstützung zu. Dann fragte sie den Wind, was zu tun sei, setzte sich wieder in ihren Gartenstuhl aus Zuckerstangen und wartete ab.

Schon bald hörte sie die Bienen summen, dass die Besucherfamilie um Geld gebeten hatte, weil sie sonst verhungern würde. Zugleich landete eine weitere Libelle auf ihrem Zuckerhaus, um genau davor zu warnen, weil die Besucherfamilie sonst nicht nach ihrer weisen Alten suchen würde. Währenddessen blieb es völlig windstill und so wartete unsere weise Alte weiterhin gelassen ab.

Als Nächstes summten die Bienen von einem intensiven, geflüsterten Gespräch zwischen der Stiefmutter und ihrem Mann im Nebenzimmer zur Besucherfamilie. Die Stiefmutter sprach: „Wir müssen ihnen helfen, denn sonst werden sie verhungern. Wir wissen doch selber noch sehr genau, wie schlimm so eine Situation ist." Ihr Mann antworte: „Natürlich weiß ich das, aber dann werden immer mehr Menschen kommen und so viel Gold, Perlen und Edelsteine können wir gar nicht zu Geld tauschen, dass es für alle reichen würde." Dann fügte er noch hinzu: „Außerdem ist die Situation anders als bei uns damals, denn niemand muss verhungern. Unser Bach mit Zuckersirup fließt ständig nach und gibt auch den anderen genügend Nahrung."

Da erhob sich eine sanfte Briese. Unsere weise Alte beobachtete, wie sich ihr Zuckerhaus veränderte und verstand die Botschaft des Windes. Sofort gab sie diese über eine Libelle weiter. Dann übertrug unsere weise Alte die Botschaft geschickt auf eine Zuckerrübe und übergab die Zuckerrübe dem Fluss.

Auch die Stiefmutter hatte die Briese bemerkt und ahnte sogleich, dass mit einer Zuckerrübenbotschaft von der weisen Alten zu rechnen war. Daher ging sie zu dem Bächlein neben dem Haus und nahm die Zuckerrübe in Empfang. Wieder im Hause zeigte sie die Botschaft auch ihrem Mann, damit sie beide dem Besuch eine übereinstimmende Antwort gaben.

Die Antwort lautete, dass sie dem Besuch dabei helfen sollten, die eigene weise Alte mit dem Zuckerhaus zu finden. Dazu spielten Gretel und Hänsel mit den Besucherkindern und erzählten ihnen, wie freundlich die weise Alte zu ihnen gewesen war. Die Stiefmutter gab der Besuchermutter die magischen Lieder, welche sie brauchen würde, um den modrigen Wald zu verwandeln und die Schlucht zu überqueren. Der Vater übte mit dem Besuchervater Handwerkliches, damit dieser später das Haus gestalten konnte.

Währenddessen kümmerte sich unsere weise Alte um die Heilung der weisen Alten der Besucherfamilie. Dazu ging unsere weise Alte in der Nacht nach draußen zu den Glühwürmchen. Durch Lichtzeichen gab sie ihnen folgenden Auftrag: Jede Nacht sollte ein Glühwürmchen zu dem Fluss der Tränen fliegen, um dort einen Tropfen Wasser zu schöpfen. Mit diesem sollte es dann die trüben Augen der weisen Alten der Besucherfamilie benetzen. Dies taten die Glühwürmchen von nun an jede Nacht.

Für den Tag bat unsere weise Alte den Wind, Regenwolken zu der weisen  Alten der Besucherfamilie zu wehen. Sobald die weise Alte der Besucherfamilie ihr Zuckerhaus verließ, regnete es von nun an jeden Tag. Allmählich begann die weise Alte der Besucherfamilie zu heilen und schließlich konnte sie wieder vollständig sehen. Auch all ihr Wissen kam zurück.

Als es an der Zeit war, wehte der Wind Zeichen in das Zuckerhaus unserer weisen Alten und diese sendete der Stiefmutter eine Zuckerrübenbotschaft. Die Kinder der Besucherfamilie sollten sich auf den Weg zu ihrer weisen Alten machen. Versorgt mit viel Zuckersirup vom Bach, guten Ratschlägen und freudiger Neugierde zogen die Kinder los.

Doch je tiefer sie in den Wald gingen, umso unheimlicher wurde ihnen. Vielleicht war es doch keine so gute Idee gewesen, sich freiwillig in Gefahr zu begeben? Zudem hatten sich die Kinder nun auch noch, trotz der guten Wegbeschreibung, verlaufen. Erschöpft vom langen Wandern und ratlos, in welche Richtung sie weitergehen sollten, setzten sich die Kinder auf den Boden. Die Erzählungen von Gretel und Hänsel waren spannend und positiv gewesen, doch nun so ganz alleine im finsteren Wald fürchteten sich die Kinder.

Die beiden hatten so viel Angst alleine im Wald, dass sie nicht auf die sanfte Brise achteten, die um sie herumstrich. Der Wind durchwehte alles, sah wie sehr sich die Kinder fürchteten und teilte dies unserer weisen Alten durch ihr Zuckerhaus mit. Die weise Alte sendete eine entsprechende Zuckerrübenbotschaft an die Stiefmutter. Die Stiefmutter schickte daraufhin Gretel und Hänsel am Fluss entlang in den Wald bis ungefähr zu der Stelle, an der sich die beiden Besucherkinder entsprechend auf ihrem Weg befanden.

Als Gretel und Hänsel an der entsprechenden Stelle angekommen waren, ließen sie sich im Gras zwischen bunten Blumen nieder. Sie riefen die schönen Schmetterlinge und sagten zu ihnen: „Liebe Schmetterlinge, bitte fliegt zu den Besucherkindern und zeigt ihnen den Weg zu ihrer weisen Alten. Diese lebt in einem Zuckerhaus mitten im Wald."

Wie sehr freuten sich die Besucherkinder, als sie die hübschen, bunten Schmetterlinge sahen. Sie vergaßen ganz, sich noch weiterhin zu fürchten. Stattdessen folgten sie dem verspielten Flug der Schmetterlinge immer tiefer in den Wald hinein, bis sie plötzlich das Zuckerhaus vor sich sahen.

Als die Kinder bei ihrer weisen Alten ankamen, erkannte diese sie mit ihren sehenden Augen sofort und empfing sie sehr freundlich. Die Kinder lernten viel bei der weisen Alten und kehrten schließlich mit Reichtümern und Heilkräutern beladen wieder heim zu ihren Eltern.

Anschließend machte sich die Besuchermutter auf den Weg. Je dunkler der Wald wurde und je muffiger er roch, umso langsamer ging sie. Schließlich mochte die Besuchermutter keinen Fuß mehr vor den anderen setzen und ließ sich auf einem dicken, abgebrochenen Ast nieder. Sie fütterte die schwarzen Insekten und wusste, dass sie nun das erste magische Lied singen sollte, um den schaurigen Wald in einen schönen zu verwandeln, doch fiel ihr vor lauter Unbehagen das erste magische Lied nicht mehr ein.

Verzweifelt versuchte sich die Besuchermutter zu erinnern. Sollte sie etwa für immer in diesem modrigen Wald bleiben? Die Besuchermutter machte sich solche Sorgen, dass sie den zarten Wind nicht bemerkte, der sanft um sie herumwehte. Doch der Wind sah alles und teilte die Situation durch das Zuckerhaus unserer weisen Alten mit. Die weise Alte sendete daraufhin eine Zuckerrübenbotschaft an die Stiefmutter.

Die Stiefmutter machte sich auf den Weg und ging am Zuckersirup-Fluss entlang genau bis zu der Stelle, wo einst auch ihr eigenes Waldstück modrig gewesen war. Dort ließ sie sich nieder und rief die Schmetterlinge zu sich. Die Stiefmutter sagte zu den Schmetterlingen: „Liebe Schmetterlinge, bitte fliegt zu der Besuchermutter und erinnert sie an das erste magische Lied."

Zuerst war die Besuchermutter noch so sehr in ihre besorgten Grübeleien versunken, dass sie die bunten Schmetterlinge zwischen den weißen, grauen und schwarzen anderen Insekten nicht beachtete. Doch die Schmetterlinge flogen so lange um sie herum, bis die Besuchermutter sie schließlich bemerkte.

Nach einer Weile stellte die Besuchermutter erstaunt fest, dass die Schmetterlinge immer wieder dasselbe Muster flogen. Und dann begriff sie, dass die Schmetterlinge den Text des ersten magischen Liedes in der Luft tanzten. Nun erinnerte sie das magische Lied wieder und auch alles andere, was zu tun war, um den modrigen Wald in einen frischen zu verwandeln. Mit Freude sah sie, wie der Wald immer schöner wurde. Nunmehr unbelastet nahm sie einen Bienenstock mit und setzte leichten Schrittes ihren Weg fort.

Als Nächstes kam sie an eine Schlucht und setzte sich auf einen Felsen. Sie erinnerte das benötigte magische Lied und wusste, dass sich dann eine Brücke über die Schlucht bilden würde. Doch kamen ihr plötzlich Zweifel: Genau genommen war die Sache mit den Zuckerrübenbotschaften an die Stiefmutter irgendwie ziemlich merkwürdig. Und war das, was die Kinder von der weisen Alten berichteten, nicht bloß ihre kindliche Fantasie? Auch der Wind, der inzwischen ein wenig stärker blies, musste nun wirklich nichts zu bedeuten haben.

Dieser Wind jedoch blies alles, was er sah, als Botschaft auf das Zuckerhaus unserer weisen Alten. Diese rief die Schmetterlinge und sprach: „Liebe Schmetterlinge, bitte fliegt zu der Besuchermutter und macht ihr Mut, die Schlucht zu überqueren."

Währenddessen starrte die Besuchermutter mit all ihren Zweifeln auf den Boden vor ihren Füßen, als wenn sie dort eine Antwort finden würde. Irgendwann jedoch schaute die Besuchermutter auf und hinüber zur anderen Seite der Schlucht. Dort tanzten die Schmetterlinge so lebendig in der Luft, dass die Besuchermutter von einer großen Sehnsucht danach erfüllt wurde, auf die andere Seite zu gelangen. Daher sang nun die Besuchermutter das magische Lied und überquerte die Brücke.

Nach einer Weile kam die Besuchermutter zum Zuckerhaus. Die weise Alte begegnete ihr freundlich und beantwortete alle ihre Fragen mit weisem Rat. Währenddessen entsprang eine Quelle mit Zuckersirup vor dem Zuckerhaus und floss als Bach ganz bis zu dem Haus der Besucherfamilie.

Als die Besuchermutter sich von der weisen Alten reich beschenkt verabschiedet hatte und wieder zu Hause ankam, sah sie schon von weitem, wie sich ihre Familie freute. Von nun an wurden sie von ihrem eigenen Zuckersirup-Bach versorgt und bekamen eigene Zuckerrüben-Botschaften von ihrer weisen Alten.

Der Besuchervater baute gemeinsam mit seinem Sohn ein schönes, großes Haus. Dieses hatte einen Dachboden für die Vögel und einen offenen Stall für die Tiere des Waldes. Für die Heilkräuter legten die Besuchermutter und ihre Tochter gemeinsam einen Garten an.

Die Bienen gaben ihnen Honig und berichteten an die weise Alte, der Bach gab ihnen Zuckerrübensirup und Zuckerrübenbotschaften von der weisen Alten und die Besuchermutter besuchte die weise Alte so oft, dass ihnen ihre Schätze niemals ausgingen.

Vor ihrem Zuckerhaus saß die weise Alte, wurde ebenso wie unsere weise Alte von Libellen besucht und wartete auf die Botschaften des Windes an ihrem Zuckerhaus.

So lebten beide weisen Alten mit ihren Familien glücklich bis an ihr Ende. Und wenn sie nicht gestorben sind, dann leben sie noch heute.

Die Zuckerwelt

(für Erwachsene)

Es war einmal eine Großfamilie, die lebte mitten in und an einem schönen Wald. Im Sommer spendeten die großen, kräftigen Bäume angenehmen Schatten und im Winter funkelte und glitzerte der Wald im Schnee. Es lebten viele Tiere in ihm, die gerne die Großfamilie besuchten.

Die weise Alte lebte in einem Zuckerhaus, welches auf seinem Dach besondere Zeichen durch den Wind empfing, wann immer er ihr etwas mitteilen wollte. Mit anderen weisen Alten tauschte sie sich durch Libellen aus.

Von ihrer Familie am Rande des Waldes erfuhr sie durch das Summen der Bienen, was diese gerade erlebte. Immer, wenn es nötig war, gab die weise Alte ihrer Familie durch Zuckerrüben-Botschaften guten Rat. Dazu nutzte sie den Zuckersirup-Fluss, der direkt von ihrem Garten aus bis zu dem Haus ihrer Familie floss.

Die Familie bestand aus einem reichen Holzfäller, einer liebevollen Stiefmutter und zwei lebenslustigen Kindern Gretel und Hänsel. Sie lebten in einem sehr schönen, großen Haus am Waldrand und waren glücklich.

Naja, ganz so glücklich war der Vater inzwischen nicht mehr, denn er langweilte sich. Sie waren mit allem, was das Herz begehrte, versorgt, doch er brauchte nichts mehr zu tun und fühlte sich überflüssig. Zudem ärgerte es ihn, dass die Menschen sein Holz nicht kauften, wodurch er sich nicht wertgeschätzt fühlte.

Dieses innere Murren des Vaters nahm der immer allgegenwärtige sanfte Wind wahr. Er hörte und sah alles und erkannte, dass es nunmehr an der Zeit war, eine Veränderung mit der Familie durchzuführen.

Der universelle Wind wies die weise Alte an, ihre Familie auf einen Urlaub zu sich einzuladen. Sofort, als die weise Alte diese Nachricht auf ihrem

Zuckerhausdach empfing, übertrug sie diese auf eine Zuckerrübe und sendete diese an die Stiefmutter. Die Stiefmutter nahm die Botschaft in Empfang, freute sich über die Einladung und erzählte davon sogleich ihrem Mann.

Der Mann aber war zunächst gar nicht begeistert von der Einladung. Er langweilte sich doch sowieso schon und dann auch noch Urlaub machen? Nun, dachte er bei sich, eigentlich ist es egal, wo ich mich langweile, ob nun hier oder dort. Doch je länger er darüber nachdachte, umso besser gefiel ihm die Idee. Immerhin würden sie auf eine interessante Reise gehen und er selber war noch nie so tief im Wald gewesen. Schließlich freute sich die ganze Familie auf ihren gemeinsamen Urlaub.

Viel Vorbereitung brauchte die Reise nicht, denn sie würden bequem direkt am Zuckersirup-Fluss entlanggehen. Daher konnten sie sofort am nächsten Tag aufbrechen. Gut gelaunt und voller Freude machte sich die Familie am frühen Morgen des nächsten Tages auf den Weg.

Nachdem sie so eine ganze Weile unterwegs gewesen waren, wurden sie durstig und machten Rast. Sie schöpften aus dem Fluss süßen Zuckersirup und tranken ihn. Doch was war das? Zuerst trauten sie ihrer eigenen Wahrnehmung nicht und probierten vorsichtig noch ein wenig mehr. Und wieder dieselbe Wirkung.

Mit jedem Schluck, den sie von dem Zuckersirup-Fluss tranken, nahmen sie zugleich den gesamten Fluss in sich selber auf. Das war ein ganz unbeschreibliches Gefühl, für das ihnen die Worte fehlten. Doch konnten sie sich gegenseitig die unglaubliche Erfahrung von ihren Gesichtern ablesen. Als süße Liebe floss der Zuckersirup in ihren gesamten Körper hinein, bis in jede einzelne Zelle. Und selbst als sie sich schon völlig ausgefüllt fühlten, hielt das angenehme weiche Prickeln immer noch weiter an.

Darüber hinaus entdeckten sie noch mehr. War der Zuckersirup im Fluss weniger geworden? So viel hatten sie nun auch wieder nicht getrunken, oder? Auch ihre Umgebung wirkte plötzlich irgendwie anders – oder täuschten sie sich? Innerlich wunderbar belebt, aber auch ein wenig irritiert gingen sie weiter.

Nachdem sie eine Weile gegangen waren, wurden sie erneut durstig und machten Halt. Wieder tranken sie aus dem Zuckersirup-Fluss und fühlten, wie sie ihn wunderbar liebevoll-erfrischend in sich aufnahmen. Und diesmal sahen sie es ganz deutlich: Vor ihnen sprudelte der Fluss noch aus seiner Quelle am Zuckerhaus nach, doch hinter ihnen war der Fluss versiegt. Er floss nur noch gerade bis zu ihnen und dann in ihnen selber weiter. Und auch ihre Umgebung hatte sich verändert, nur konnten sie noch nicht erkennen, was genau diese Veränderung war.

So gingen sie wieder weiter, bis sie ein drittes Mal durstig wurden und Rast machten. Als sie dieses Mal tranken, nahmen sie den gesamten restlichen Fluss in sich auf, sodass er versiegte. Zugleich fühlten sie sich selber so liebevoll-lebendig wie niemals zuvor. Und eine innere Gewissheit gab ihnen ein, dass ihnen diese Liebesquelle für immer bleiben würde.

Auch was mit ihrer Umgebung geschah, konnten sie nun erkennen. Hatte sich tatsächlich alles in Süßigkeiten verwandelt? Das Gras unter ihren Füßen, die Blumen und der Wald, waren das alles Süßigkeiten? Vorsichtig probierten sie, Gretel kostete eine Blume und Hänsel knabberte am Rasen, die Eltern griffen zu den Bäumen. Ja, wirklich, alles schmeckte süß; die Bäume bestanden aus Marzipan.

Es war noch immer die Welt, die sie kannten, und doch auch wieder nicht, denn sie hatte sich verändert. Wo sie vorher geglaubt hatten, in einer normalen Welt zu leben, stellten sie nun fest, dass eigentlich immer alles aus Zucker gewesen war. Da lachten sie und freuten sich und konnten kaum noch glauben, dass es früher mal Situationen gegeben hatte, in denen sie sich gefürchtet hatten.

Voller Freude und beschwingt legte die Familie die letzte Wegstrecke bis zum Zuckerhaus der weisen Alten zurück. Diese hatte sie schon erwartet, sie von weitem kommen sehen und ging ihnen herzlich lächelnd entgegen.

Bei der weisen Alten fühlte sich die Familie sofort geborgen und wohl. Alles war so friedlich und von tiefer Harmonie erfüllt. Sie erfreuten sich an den Libellen und fingen an, deren Nachrichten zu verstehen. Auch erklärte ihnen die weise Alte die Zeichen des Windes auf dem Dach, sodass diese die Nachrichten erst langsam und dann immer besser auch selber entziffern konnten. Außerdem lernten die Familienmitglieder von der weisen Alten, wie sie die herrlichsten Süßigkeiten herstellen konnten.

Gretel bereitete süße Säfte in bunten Farben und mit vielerlei Geschmacksrichtungen zu. Manche waren braun und schmeckten nach Schokolade, andere waren beige mit Vanillegeschmack, die mit Erdbeere sahen rosa aus, ihr Kokosnusssaft war weiß und kreativ neu war ihre Zimt-Apfel-Maracuja-Mischung.

Hänsel formte lustige Figuren aus Schokolade. Er hatte Spaß daran, verschiedenes Spielzeug herzustellen. So hatten Gretel und Hänsel viele Spielsachen, die sie jederzeit aufessen und nach Lust und Laune neu gestalten konnten.

Die Stiefmutter lernte für ihr Heilwissen und ihre Heilkräuter dazu. Schon vorher waren diese sehr wirkungsvoll gewesen, doch verabreicht zusammen mit einem Zuckersaft von Gretel, ließ sich die Heilwirkung noch deutlich verstärken. Außerdem war den Heilkräutern in genau richtiger Dosierung Zucker hinzuzufügen. Einige waren nur mit Puderzucker zu bestäuben, anderen war kräftig Zucker unterzumischen und wiederum andere mussten in Zuckerwasser eingelegt werden. Was genau die richtige Vorgehensweise war, erfuhr sie durch den Wind und durch die weise Alte.

Der Vater sah sich die Marzipanbäume genauestens an und plante, was er alles aus ihnen herstellen wollte. Darauf freute er sich schon, war aber auch ungeduldig, weil ihm sein Werkzeug fehlte und er nicht schon gleich loslegen konnte.

So vergingen die Tage wie im Fluge und die Großfamilie wuchs immer mehr zusammen. Nach wie vor hatten alle einzelnen Familienmitglieder ihre speziellen Aufgaben und doch kooperierten sie so gut miteinander, lebten inmitten einer Welt aus Zucker und geleitet vom Wind, sodass sie zu einer großen, kaum noch unterscheidbaren, Einheit wurden. Dabei fühlten sie sich liebevoll-gemeinsam lebendig, voller Freude und glücklich sowie eingebettet in Frieden und Harmonie.

Eines Nachts hörten sie den Wind ums Zuckerhaus pfeifen. Alles wirbelte er durcheinander und wuchs an zu einem Sturm. Er rüttelte am Dach und die Fensterscheiben klirrten. Auch die Äste der Bäume des Waldes knackten im Wind und es brauste ganz gewaltig. So dauerte es für kurze Zeit an, bis sie ein lautes Krachen vernahmen und fühlten, wie die Erde erbebte, sodass die Wände ihres Zuckerhauses wackelten.

Angst hatte die Großfamilie trotzdem nicht, denn sie alle hatten großes Vertrauen in den Wind, der sie immer liebevoll geführt hatte. Deswegen blieben sie geborgen im Bett und rätselten nur, was da draußen wohl gerade geschah. Als der Wind ebenso plötzlich wieder vorbei war wie er begonnen hatte und sie nichts mehr hörten, schliefen sie wieder ein.

Am nächsten Morgen staunte die Großfamilie nicht schlecht, als sie vor die Tür trat. Stand dort doch ihr gesamtes schönes Haus, in dem Vater, Stiefmutter, Gretel und Hänsel zuvor noch am Waldrand gelebt hatten. Mit allen Bestandteilen und Inhalten hatte der Wind es hierher transportiert. Sogar den Stall mit den Tieren und den Bienenstock hatte er mitgebracht.

Doch nicht nur ihr Haus, sondern auch ihr gesamtes Umfeld war dabei. Es war, als wenn sich ihre bisherige Welt in der Zuckerwelt aufgelöst hätte und zugleich neu aus ihr erschaffen würde. Alles war vertraut und doch zugleich so neu, dass sie es erst entdecken durften. Neugierig erkundeten sie ihr Haus und ihre neue, gleichzeitig vertraute Umgebung.

Insbesondere der Vater war glücklich. Endlich stand ihm sein Werkzeug zur Verfügung, mit dem er Bäume fällen und schöne Möbel zimmern konnte. So stellte er mit viel Spaß an seiner Arbeit solide, praktische und dekorative ebenso wie kreative Möbel her. Sie alle bestanden aus Marzipan und er verzierte sie mit einer Glasur aus brauner und heller Schokolade. Nun hatte der Vater keine Langeweile mehr, sondern empfand tiefe Befriedigung bei seiner Tätigkeit.

Der Vater merkte, dass es ihm gar nicht mehr wichtig war, ob er seine Möbel auch verkaufte, weil seine tiefe Befriedigung aus seiner Tätigkeit als solche kam. Umso überraschter war er, dass er sehr viele Aufträge erhielt, weil die Menschen ganz speziell seine Möbel haben wollten. Darüber freute sich gleich die gesamte Großfamilie mit.

Auch die weise Alte bemerkte etwas Sonderbares. Die Botschaften des Windes hatten sich verändert. Zuerst verstand sie diese nicht mehr und wunderte sich. Doch dann erkannte sie plötzlich den Zusammenhang, der für ihre gesamte Großfamilie galt. Sie alle lebten jetzt direkt in dieser Zuckerwelt, sodass alle ihre Süßigkeiten-Herstellung direkt auf ihr Umfeld wirkten. Es war wie ein magischer Zauber, mit dem sie ihre Umgebung gestalten konnten.

Wunderbar, das probierte der Vater gleich aus. So zimmerte er solide Möbel, wenn die Familie Bodenständigkeit brauchte und leichte Möbel, wenn er Unbeschwertheit bewirken wollte. Und siehe da, es funktionierte. Auch die anderen Familienmitglieder entdeckten unterschiedlichste Möglichkeiten durch die Süßigkeiten zu gestalten und hatten gemeinsam sehr viel Freude.

Nach längerer Zeit allerdings hatten der Vater, die Stiefmutter, Gretel und Hänsel Lust darauf, den Menschen nicht nur innerhalb, sondern auch wieder außerhalb der Zuckerwelt zu begegnen und fragten dazu den Wind, ob es möglich sei. Zunächst antwortete der Wind nicht und sie warteten ab. Nach einer Weile bemerkten sie dann, dass auf dem Zuckerhausdach Zeichen auftauchten, die ihnen eine Antwort gaben.

Die Lösung war sehr einfach. Die Großfamilie brauchte nur in ihre bisherige Situation wieder hineinzugehen. Dazu reichte ihre Absicht zusammen mit der Durchführung aus. Das probierten der Vater, die Stiefmutter, Gretel und Hänsel sofort aus. So gingen sie zu dem Ort, wo ursprünglich die Quelle für den Zuckersirup-Fluss gewesen war. Ihre Absicht, diesem zu folgen, ließ ihn sofort wieder entstehen. Sie konnten an diesem nun entlanggehen und auch jederzeit wieder zurück und ihn versiegen lassen. Völlig frei in ihrer Gestaltung brachte es der Familie sehr viel Spaß.

So lebte die Großfamilie universell-liebevoll geborgen in freier Gestaltungsvielfalt glücklich bis an ihr Ende. Und wenn sie nicht gestorben sind, dann leben sie noch heute.

Der Wind hat einen Plan

(für Erwachsene)

Es waren einmal zwei sehr reiche Großfamilien, die lebten jeweils mitten in einem schönen Wald mit Bäumen ganz aus Marzipan. Die weisen Alten lebten jeweils in einem Zuckerschloss aus bunten Süßigkeiten und ihre Familien in großen Häusern ebenfalls aus Süßigkeiten. Ja, sogar alles bestand aus Süßigkeiten, die gesamte wunderbare Welt in der sie friedlich zusammenlebten.

Die eine, unsere, Familie bestand aus einem Vater, einer Stiefmutter und zwei lebenslustigen Kindern Gretel und Hänsel. Die andere Familie hatte unsere Familie besucht und dadurch ihre eigene weise Alte erst gefunden. Seitdem wurde sie von allen immer nur noch Besucherfamilie genannt. Diese bestand aus einem Vater, einer Mutter und zwei fröhlichen Kindern, einem Mädchen und einem Jungen.

Auch weiterhin besuchte die Besucherfamilie gerne und häufig unsere Familie, sodass beide Familien oft zusammen waren. Und wenn sie doch mal lieber für sich alleine waren, standen sie durch Libellen in liebevoller Verbindung. Die Libellen flogen zwischen den Zuckerschlössern der weisen Alten hin und her und überbrachten Nachrichten.

Außerdem war da noch der Wind, der meistens sanft, manchmal auch unbemerkt windstill oder ganz im Gegenteil besonders kräftig, um die Zuckerschlösser strich. Wenn er den Großfamilien etwas mitteilen wollte, hinterließ er besondere Zeichen als Botschaft auf den Zuckerschlossdächern. Doch nicht nur dort wehte der Wind, sondern überall; er sah und hörte und gestaltete alles. War irgendetwas nicht so, wie er es haben wollte, konnte er zu einem kräftigen Sturm werden und pustete alles ganz genau dorthin, wo es richtig war.

So lebten die beiden Großfamilien verbunden durch den Wind und die Libellen mit regelmäßigen gegenseitigen Besuchen wunschlos glücklich vor sich hin. Es konnte ruhig für immer so bleiben. – Doch der Wind hatte einen Plan.

Eines Morgens entdeckten Gretel und Hänsel auf dem Zuckerschlossdach Zeichen, dass der Wind der Großfamilie etwas zeigen wollte. Schnell lief Gretel ins Zuckerschloss und holte die weise Alte, während Hänsel der Stiefmutter und dem Vater Bescheid sagte.

Als sie alle versammelt waren, sahen sie, dass der Wind schon weitere Zeichen in das Zuckerschlossdach geweht hatte. Sie sollten einen runden Teppich aus dem Zuckerschloss vor das Haus bringen. Das taten sie sofort. Nun sollten sich die weise Alte und die Stiefmutter auf den Teppich setzen und offen für das sein, was ihnen der Wind zeigen wollte. Als sie das getan hatten, begann der Teppich, sich ganz vorsichtig und zart zu bewegen. Sanft begann er zu fliegen und nahm die weise Alte und die Stiefmutter mit sich.

Zuerst wehte der Wind den Teppich über ihr eigenes Zuckerschloss, ihr großes Haus und den Wald, dann bei der Besucherfamilie vorbei und schließlich

über Orte, an denen sie noch nie gewesen waren. Nach einer Weile ließ der Wind den Teppich an verschiedenen Orten soweit sinken, dass die weise Alte und die Stiefmutter erkennen konnten, was dort unten geschah. Das, was sie sahen, machte sie sehr traurig, denn die Menschen waren sehr arm und viele von ihnen krank. Da fühlten die weise Alte und die Stiefmutter in ihrem Herzen, dass es ihre Aufgabe war, den Menschen zu helfen.

Als sie wieder beim Zuckerschloss angekommen waren, erzählten sie ihrer Familie davon und alle reagierten ganz betroffen. Als die Besucherfamilie vorbeikam und davon hörte, wurde auch in ihrem Herzen der Wunsch geweckt, den Menschen zu helfen. Der Wind aber hatte schon einen Plan, wie das angestellt werden konnte.

Die Großfamilien erfuhren, dass ein Wirbelwind sie auf die Erde tragen würde, direkt zu den Orten, wo sie helfen konnten. Dazu sagten unsere weise Alte und die Stiefmutter sofort ja, doch Gretel und Hänsel fürchteten sich und auch der Vater fand die Idee gar nicht gut. Sie lebten so glücklich, warum sollten sie sich freiwillig an Orte mit Armut und Krankheit begeben? Auch bei der Besucherfamilie überwogen die Bedenken.

Da entschlossen sich die weise Alte und die Stiefmutter, sich eben alleine durch den Wind an diese Orte tragen zu lassen, um den Menschen zu helfen. Die weise Alte suchte Schätze zusammen, die sie den Menschen geben wollte, und die Stiefmutter füllte so viele gezuckerte Heilkräuter in verschiedene Döschen, Tiegel und Flaschen, dass es eine ganze Zeit lang reichen würde.

Am nächsten Tag brachen sie auf. Der Wind wartete schon auf sie. Nach außen gerichtet kraftvoll, aber innen ganz liebevoll sanft trug er die weise Alte und die Stiefmutter in einem Wirbelsturm zu einem Ort mit Not und Krankheit.

Voller Mitgefühl boten die weise Alte und die Stiefmutter den Ärmsten der Armen ebenso wie den Kranken ihre Schätze und gezuckerten Heilkräuter an. Doch die Leute erkannten den Wert ihrer Geschenke nicht, weil sie an so viel liebevolles Mitgefühl gar nicht glauben konnten, und bekamen Angst. Einige liefen vor der weisen Alten und der Stiefmutter weg, andere nahmen sogar Stöcke in die Hand, um sie zu vertreiben. Dabei hielten sie jedoch gebührenden Abstand, denn die beiden waren ihnen doch gar zu unheimlich. Als der Wind dies sah, brachte er die weise Alte und die Stiefmutter wieder zurück.

Zurück in ihrer Zuckerwelt ging es ihnen allen gut und bedroht hatten sich die weise Alte und die Stiefmutter auch nicht gefühlt, aber in ihrem Herzen blieb der Wunsch, den Menschen zu helfen. Da lud der Wind beide Großfamilien zu einem Treffen ein, damit sie von seinem nunmehr getarnten Plan erfahren sollten. Unsere Großfamilie traf sich daraufhin vor ihrem Zuckerschloss auf dem verabredeten Platz. Die Besucherfamilie aber traute sich noch nicht und ließ sich lieber von zu Hause aus durch die Libellen informieren.

Das Ziel des Windes war, dass alle Menschen reich und gesund in einem großen Haus und Zuckerschloss in einer Welt ganz aus Zucker leben sollten. Nur hatten die Menschen so viel Angst und die Machthaberinnen und Machthaber wollten auch keine Veränderung, dass sie überlistet werden mussten.

Die List bestand darin, dass unsere Großfamilie sich als ganz normale Familie mit Oma, Stiefmutter, Vater und zwei Kindern tarnen sollte. Ihren Zucker, ihre Schätze und die Heilkräuter sollten sie versteckt bei sich tragen. Und immer, wenn der Wind es ihnen sagte und die Libellen sich über die Zuckerhäuser hinweg absprachen, sollten sie den Menschen heimlich davon geben.

Als diesmal die gesamte Großfamilie mit dem nächsten Wirbelsturm zu den bedürftigen Menschen gebracht wurde, erkannten diese deren Besonderheit nicht. Nun, ein bisschen merkten sie irgendwie schon, dass mit dieser Großfamilie etwas anders war, aber sie konnten es sich nicht erklären. Und da es der Großfamilie besonders gut ging, beobachteten sie diese und fingen an, von ihr zu lernen.

Umgekehrt erzählte die Großfamilie den anderen immer mal wieder von der Zuckerwelt, sodass diese ganz neugierig wurden. Ab und zu mischten sie auch gezuckerte Heilkräuter in deren Essen oder versteckten Schätze bei ihnen, sodass sie diese finden würden. Ganz allmählich heilten und veränderten sich dadurch die Menschen und der Wind freute sich.

Auch unserer Großfamilie ging es sehr gut. Ganz wie der Wind sie führte, lebten sie ihre Zuckerwelt mal im Zuckerschloss und großem Haus im Wald und mal mit den anderen Menschen, denn sie hatten den Zucker und all die Schätze ja immer bei sich. Und nachdem die Besucherfamilie mitbekommen hatte, wie gut der Plan des Windes funktionierte, traute auch sie sich mit dem Wirbelsturm zu den anderen Menschen.

So lebten die Großfamilien in ihrer Zuckerwelt gemeinsam mit den anderen Menschen glücklich bis dorthin, wohin der Wind sie führte. Und wenn sie nicht gestorben sind, dann führt der Wind sie noch heute.

Teamfähigkeit entwickeln

Harmonischer Kindergeburtstag: Kindergeburtstage ohne Verlierer, Gemeinschaftsfördernde Gruppenspiele von Ayleen Lyschamaya, Neuauflage 2019, ISBN: 9783744850421

9 783744 850421

Empfohlen von der Württembergischen Sportjugend in der Fachzeitschrift *Sport in BW* (2/2010) und im Fachmagazin für Jugendleiter und Mitarbeiter in der Jugendarbeit *youth and me* (1/2008).

An Kindergeburtstagen sind Wettkampfspiele weit verbreitet, oftmals ohne dass Eltern wissen, welche Wirkung diese Spiele auf ihre Kinder haben. Der Ratgeber *Harmonischer Kindergeburtstag: Kindergeburtstage ohne Verlierer* stellt dagegen die Alternative der Gemeinschaftsfördernden Spiele vor. Während traditionelle Wettkampfspiele eine Atmosphäre von gegeneinander unter den Kindern hervorrufen, verstärken Gemeinschaftsfördernde Spiele das Miteinander. Die geschickte Auswahl der Geburtstagsspiele kann daher die Geburtstagsstimmung der Kinder gezielt beeinflussen.

Der Ratgeber *Harmonischer Kindergeburtstag: Kindergeburtstage ohne Verlierer* enthält ein breites Angebot fröhlicher, spannender, fantasievoller und lustiger Spiele für drinnen und draußen unter dem pädagogischen Konzept der gemeinschaftsfördernden Wirkung. Zusätzlich bietet er eine Anleitung, wie weitere Gemeinschaftsfördernde Spiele auch außerhalb von Kindergeburtstagen entwickelt werden können. Vorschläge zur Überleitung einzelner Spiele bis hin zu Spannungsbögen und Themengeburtstagen gehen weit über eine reine Spielesammlung hinaus.

https://www.am-ziel-erleuchtung.de/teamfaehigkeit/

Symbolik und Botschaften

Gretel und Hänsel heilen die Hexe: Fünf Märchen des neuen Zeitalters für Kinder und Erwachsene von Ayleen Lyschamaya, 2.Auflage 2023, ISBN: 9783751999465

Diese Märchensammlung vermittelt das höhere Bewusstseinsniveau des neuen Zeitalters. Es wird die Symbolik der Märchen, welche Botschaften sie beinhalten und welche Bewusstseinsentwicklung sie fördern erklärt. Hinzu kommt Interaktives für die ganze Familie.

Empfehlung: pädagogisch wertvoll für Kinder

Die ersten drei Märchen für Kinder

Gretel und Hänsel heilen die Hexe: Drei Märchen des neuen Zeitalters für Kinder von Ayleen Lyschamaya, 2.Auflage 2023, ISBN: 9783752605822

Diese Sammlung enthält die ersten drei Märchen des neuen Zeitalters, welche sich an Kinder richten, sowie Interaktives und viele größere Farbbilder in Brillant-druck. Zudem ist die Schrift größer, um schon älteren Kindern das erste eigene Lesen zu erleichtern. Der Einband aus Hardcover hält auch einen etwas robusteren Umgang aus.

Empfehlung: pädagogisch wertvoll für Kinder